KB092914

어머니의 세월

김종상 제9시집
시와 현대시조

어머니의 세월

김종상 시조 · 시집

태양미디어

시다운 시를 쓰려고 노력 중이다

머리말에 이런 이야기를 해도 될지 모르겠다. 하지만 이런 이야기를 하면서 묶어둬야 누가 내 시를 가져가서 자기 것이라고 우기지는 못할 것이기 때문이다. 이러면 자화자찬이 되나?

나는 1964년 10월에 첫 동시집 『흙손엄마』를 펴냈다. 그런데 2년 뒤 1966년에 『버들피리』라는 비슷한 동시집이 나왔다고 했다. 그 정보를 준 작가가 『버들피리』도 사서 보내왔다.

그것을 보는 순간 현기증이 났다. J라는 아동문학가가 내 『흙손엄마』 속의 동시를 표절했는데, 그중에 12편은 부호 하나 틀리지 않게 복사해서 실어놓고 있었다.

크기와 모양도 내 동시집을 빼닮은 『버들피리』에는 내 『흙손엄마』와 똑같이 작품의 발표 지면과 연도도 밝혀 놓고 있었다. 그런데 1962년 조선일보에 발표한 내 동시 「박과 호박」은 1959년 『조약돌』에 발표한 자기 작품으로 해놓는 등 내가 뒤늦게 자기 동시를 베낀 것처럼 해놓았을 뿐만 아니라 『흙손엄마』의 발문과 간지의 해설까지 그대로 베껴서 실어놓고 있었다. 나이도 나보다 많고 지방 문단에서 몇 개의 감투를 갖고 있는 그였기에 상상도 어려운 일이었다. 기가 막혔다.

내 동시집은 자비로 펴낸 정가 50원짜리로 한 권도 안 팔고 학교에 나누어주고 말았는데, J의 『버들피리』는 정가 100원짜리로 벌써 7판까지 팔렸다고 했다.

다행히 일이 신문과 방송에 보도되자 판매 중인 책은 거두어 폐기하고, J는 공개사과를 해서 망정이지, 책에 표시된 대로 자기가 먼저 쓴 거라고 우겼다면 어찌 되었을까 하는 생각이다.

　아이들이 알까봐 동시집에는 이런 이야기를 쓸 수 없고, 일반시집은 어른들만 보니까 이 지면을 통해 늦게나마 이 이야기를 넋두리처럼 해보는 내 의도를 헤아려주기 바란다.

　시답잖은 내 시를 누가 또 표절하겠느냐고 하겠지만 지명도가 높은 시인의 좋은 시는 표절이 어렵다. 이름 없는 사람의 시답지 않은 시이기 때문에 그런 일이 생기는 것이다. 그래서 나는 아직도 누가 표절을 못 할 시다운 시를 써보려고 노력 중이다.

2021년 가을
김종상

차 례

제2부 혼자라는 생각

제4부 쓰레기와 빗자루

제6부 신축의 새해를 맞아

제1부

어머니의 세월

세상의 어머니

풀꽃들이 하르르르
바람 속에 씨를 날리면
흙이 받아 싹틔워 기르고

물고기가 조르르르
연못 속에 알을 뿌리면
물이 안아 깨워서 키워요

자신의 씨알은 갖지 않고
남의 것만을 받아 기르는
흙과 물은 세상의 어머니.

— 『現代文學思潮』 2021. 여름호

시대 차이

할아버지와 할머니는
넓은 길을 가면서도
앞뒤로 떨어져 걷고

아버지와 어머니는
좁은 길을 걸어가도
옆으로 나란히 걷고

누나는 남자 친구와
서로 팔 장을 꼭 끼고
하나로 붙어서 간다.

— 『詩歌흐르는서울』 제50호. 2021. 2. 점삭

맑아진다

매연이 가시면
공기가 맑아지고

구름이 걷히면
하늘이 맑아진다

미움을 버리면
마음이 맑아지고

욕심이 없으면
세상이 맑아진다.

— 『가교문학』 제03호. 2021년

걱정이 인사

내 어릴 때 안동에서는
사는 걱정이 인사였다

아침에 만나게 되면
"밤새 별일 없었니껴?"

끼니때가 지나 만나면
"진지는 잡수셨니껴?"

밤사이 탈은 없었는지
끼니는 굶지 않았는지

내기 어렸을 때는
생사 확인이 인사였다.

— 『自由文學』 제109호. 2018

두 할배

돌띠고름에
밑 터진 바지로
죽마를 타던 두 할배가

백발에 새우등이 되어
오랜만에 서로 만났다

"이 문둥아,
　니 아직도 안 죽었나?"

"그래, 니 뒈지는 것
　보고 갈라고 기다렸다."

두 할배는 하도 좋아서
서로 등을 두드리며

젊은 날에 드나들던
금복주 할매집을 찾는다.

— 대구 테마 동시집. 『달구벌 사과에는 해와 달이 있다』 2020. 11

자애의 손길

그것은 자애의 손길이다
잠자는 풀씨를 어루만져
파릇한 새싹으로 깨우고
흙 속의 벌레들을 다독여
밖으로 불러내는 손길이다

그것은 애틋한 추억이다
어머니가 꺾어다 주시던
연분홍 고운 진달래꽃이다
마을 뒤 산밭에서 캐오던
연초록 밝은색 꽃다지다

그것은 가슴을 적시는 물이다
끼니도 힘들었던 어린 시절
눈물로 나를 키운 어머니처럼
목마르고 배곯는 풀씨들을
보듬어 싹을 틔워 키우는 봄비.

— 『농민문학』 제104호. 2018

어머니 아버지의 길

내가 걸어온 길에서
어머니 아버지의 길은
꽃을 피운 가로수로
꽃길을 만들어주었지

길이란 지나가는 바람
모든 것을 끌어안고는
떠나가게 되는 것이지

어머니 아버지가 간 길은
이제 채송화 한 포기도
못 피우는 메마른 길

불타는 목을 적셔줄
물 한 방울 갖지 못한
아득한 지평선 너머로
멀리 사라져간 모랫길.

—『文學世界』 명작가선. 2021

보리밭 밟기

아버지와 보리밟기를 했다
보리는 매운 눈바람에 맞서
파란 잎을 펼쳐 들고 있었다

이랑을 따라 꼭꼭 밟아주니
발밑에서 바삭바삭했다

꽁꽁 언 보리 싹이 부서지며
서럽게 흐느끼는 것만 같아
발가락이 자꾸 오므라들었다

아버지는 뿌리를 들뜨게 하는
서릿발이 부서지는 소리이니
보리가 고마워할 거라고 했다

봄과 함께 어김없이 다가오는
굶주림의 눈물고개를 넘을 때
유일하게 힘이 되어주던 보리

그 힘든 고개를 딛고 오르듯
아버지를 따라 열심히 밟았던
전설만 같은 보리밟기 이야기.

ㅡ『文學世界』명작가선. 2021

하늘땅 아버지

들에 갔다 오시는
아버지 몸에서는
흙냄새가 난다
물 냄새가 난다

산에 갔다 오시는
아버지 옷깃에서는
멧새 소리가 난다
바람 소리가 난다

들일하고 오시는
아버지를 따라서
산과 들이 온다
하늘과 땅이 온다

아버지는 농부
우리 가족의
산이고 들이다
땅이고 하늘이다.

— 『詩歌흐르는서울』 제53호 2021년 5월

아버지의 숨결

조상 대대로 물려받아 온
마을 앞 막골 논밭에
다섯 식구의 명줄을 걸고
씨 뿌리고 김매기에
아버지 손에는 못이 박혔다

태양에서 1억 5천만 ㎞
햇볕은 달려와 켜켜이 쌓이고
구름도 수시로 지나며
잊지 않고 물을 뿌려주었다

거기에서 거둔 곡식과 채소
햅쌀밥, 된장국, 무김치로
나는 살이 찌고, 키가 크고
힘이 늘고 생각도 자랐다

아버지의 땀 젖은 얼굴과
흙빛 팔뚝에서 내 가슴으로

수맥처럼 피가 이어 흐르고
햇볕 같은 사랑도 전해왔다

아버지가 멀리 떠난 오늘도
막골 그 논밭에는
그때처럼 비가 내리고
곡식들은 키를 넘게 자라며

구수한 흙내와 함께
싱그러운 풋내가
나를 반기듯 몰려온다
그것은 아버지의 숨결이었다.

― 『문학의강』 제14호. 2017. 여름

아버지의 가을

아버지가 지나가자
논의 벼들이 하나같이
허리를 굽실거리며
길러주어 고맙답니다

귀한 자식을 데려가듯
아버지는 벼를 거두어
경운기에 가득 싣고
들판을 돌아봅니다

보릿고개를 떠올리면
벼의 낟알 한 톨도
금씨리기만 같아서
가슴이 뿌듯합니다.

ー『淸溪文學』제30호. 2020 가을

어머니의 세월

새가 파먹던 홍시 한 개도
깨진 사발에 담아두고
나만을 기다리셨던 어머니

어린 시절 소풍날이면
새벽같이 준비를 해놓고
잠자는 내 머리맡에서
일어나기를 기다렸지

학교에서 귀가가 늦으면
사립 밖에 나와 서 있던
어머니 기다림의 세월

지금은 어디서 무슨 일로
이 아들을 기다리실까
돌아오지 못할 길을 가신
어머니, 내 어머니.

― 『착각의 시학』 2017 여름호

어머니의 유택

고향의 앞산을 바라보면
동백기름 곱게 발라
참빗으로 반듯이 타던
어머니의 가르마 같은
하얀 산길이 보인다

내 어릴 적 그 길에서
갈잎을 따서 오므려
옹달샘의 물을 떠서
내 목을 축여주시고

산딸기 한 알이라도
내 입에만 넣어주시며
산나물을 뜯던 어머니

그런 자식을 남겨두고
어떻게 눈을 감으셨을까
지금은 유택을 찾아가도
아무 말씀이 없으시다.

— 『강서문학』 제29호. 2017.

어머니의 잔영

오랜만에 찾은 고향 집
어머니가 거처하던 방에
팔베개로 누워보니
골짝 물소리가 찾아온다

가냘픈 그 소리는
석유 등잔불 아래서
길쌈을 하며 부르던
어머니의 '옥단춘가'였다

"춘아 춘아 옥단춘아,
　버들잎에 시단춘아……."

국화무늬 창호지에
그림자가 어른거린다
깜짝 놀라 방문을 여니
눈물이 그렁한 달님이
감나무에 앉아 있었다

내 가슴의 어머니는
언제나 눈물로 비쳐오는
달빛 같은 것이었다.

ー『고흥문학』 창간호. 2017.

어머니는 지금도

반도원 천도복숭아와
도깨비 요술 방망이는
어머니가 가진 꿈이었다

꽃잎 같은 날개옷으로
오색구름봉우리에 앉아
옥 피리를 불던 선녀는
바로 내 어머니였고

달나라 계수나무 아래
떡방아를 찧던 옥토끼는
한가위에 송편을 빚던
이머니의 모습이었다

나를 떠난 그 어머니는
지금 어디에서 누구에게
옛이야기를 해주고 계실까

매연이 낀 구름 사이로
쇳덩이 로켓이 지나가고
옥토끼가 사라진 달나라는
돌덩이로 변해버린 지금도

어머니는 내 가슴 안에서
고운 날개옷을 펄럭이며
옥토끼 떡방아 소리 들리는
푸른 하늘을 걷고 계신다.

ㅡ『文學世界』명작가선 2021

먼 기다림

마을을 빠져나간 길은
황혼을 밟으며 서산을 넘어
구름 사이로 들어서고 있었다

어머니는 거기에서 잠시
걸음을 멈추고 돌아보며
나를 향해 손을 흔들었다

창호지의 달그림자처럼
어머니 모습이 흔들리더니
황혼 속으로 녹아들었다
어머니는 어디로 가시는 걸까

그날부터 서산마루 고갯길은
볼수록 아득하기만 한
나의 먼 먼 기다림이 되었다

오늘도 서산 고갯길은
화선지에 물감 스미듯
노을빛이 번지고 있는데
어머니는 언제 돌아오실까?

하루의 삶에 지친 산과 들도
짙어가는 어둠의 장막을 덮고
조용히 잠자리에 드는데

먼 기다림 속의 내 어머니는
오늘 밤 어느 하늘에서 쉬실까.

一『도동문학』 제2집. 2017

난타

난타는 다듬이질이야
어머니들이 옷을 다듬던
옛날 옛적의 다듬이 소리
똑딱 딱 딱! 또드락 딱 딱!

그 다듬이 소리는
방망이 소리가 아니었다
고달픈 인생살이를 다듬는
어머니들의 탄식이었다
똑딱 딱 딱, 똑딱 딱 딱!

풀 먹인 옷가지를 다듬고
힘든 살림살이를 다듬고
눈에 밟히는 자식들을 다듬고
서러움을 다듬는 소리였다
딱 딱 똑 똑, 딱 딱 똑 똑!

둘이 맞잡아 하는 다듬이질은
고부간에는 갈등을 다듬고
모녀간에는 정담을 다듬고
친지간에는 화평을 다듬었다
또드락 또드락 따다닥 딱딱!

빨래 다듬이가 없어진 오늘은
난타가 다듬이를 대신하여
고달픈 나날의 피곤을 다듬고
인생살이의 질곡을 다듬질한다
따다닥 뚝딱 따르르 따다닥!

— 『한국창작문학』 여름호. 2017.
— 『고흥문학』 창간호. 2017.

고향 가는 길

내 고향 관음절 가는 길은
풍산에서 신작로를 벗어나
양쪽 산줄기를 날개로 끼고
시오리를 걷는 골짝 길이다

그 길에 들어서면 나는
책가방을 멘 빡빡머리로
참새처럼 재잘거리며 걷던
천진스런 어린이가 된다

밤과 낮을 바꾸어 가며
좌우익이 밀고 당기던 때라
이른 아침 학교에 가다가 보면
밤사이 무슨 일이 있었던지
도랑 가에는 피 묻은 흰 옷자락이
거적때기에 덮여 있기도 했고

같이 다니던 학교 친구들이
버려진 폭발물을 만지다가
산산이 부서지기도 했던
아픈 이야기가 되살아난다

세월이 가면서 산기슭에는
기계충 앓은 맨머리 같은
채석장과 숯가마가 생겼다가
흉터만 남긴 채 사라지고

파월장병 미망인들을 위한
보훈 마을이 세워졌다가
상처만 두고 떠나간 터에는
허물어진 담장 아래에
야윈 봉숭아 몇 송이만
기다림처럼 피기도 했다

나환자 집안이라고 해서
마을에서 못 살고 떠나와
늙고 병든 부모를 모시고
개울가에 초막을 짓고 살던
예쁜이네가 떠난 자리에는
마른 수숫대를 지키고 있는
허수아비의 남루가 처량하다

바위틈에 부처손이 매달린
부엉이 언덕을 돌아서면
아침마다 여우가 산책을 나오고
저녁이면 늑대가 떼로 모여
열두 가지 소리로 울부짖던
호랑이굴 골짜기가 있는데

호랑이 먹이로 던져진 개가
겁에 질려 바위로 굳어졌다는
개바위 앞 작은 폭포 아래에는

학교길에 멱을 감던 용소가 있다

아버지 어머니의 발품으로
내 푸른 꿈을 가꾸어 온 길
거기에서 고향마을 뒤쪽으로는
정좌한 학가산이 멀리 보인다

그때를 그리며 걷노라면
나는 지금도 응석받이였던
코흘리개 빡빡머리가 된다

내 고향 가는 길은 그래서
언제나 눈물에 젖어있다.

— 「한국시낭송회의」 2018. 3. 30

자신의 씨알은 갖지 않고
남의 것만을 받아 기르는
흙과 물은 세상의 어머니.

－「세상의 어머니」부분

제2부

혼자라는 생각

선생님이란

자신은 굶주리더라도
남의 밥상은 차려주고

자기 옷은 낡았더라도
남에게는 새 옷을 주고

자기는 잘하지 못하면서
남은 잘하게 도와주는

맨입과 빈손으로도
많은 것을 주는 사람.

— 『詩歌흐르는서울』 제50호. 2021. 2

지병(持病)

내친다고 쉽게 떠날 것이라면
애당초 내 몸에 들어왔겠는가
떠나지 않아도 미워하지 말고
그런대로 지내야지 어쩌겠나

아무리 사랑하는 사람이라도
무덤까지는 함께 못 가는데
너만은 각오가 된 것 같으니
끝까지 좋은 동행이 되어야지.

―『서석문학』제57집. 2021. 봄호.

내 몫의 시간

주전자의 물은
꼭지 끝으로 졸 졸 졸
컵을 가득 채우고

머릿속의 생각은
연필 끝으로 졸 졸 졸
공책을 가득 메우고

내 몫의 시간은
영원 속으로 졸 졸 졸
세월을 좀먹어간다.

— 『서석문학』 제42호. 2017. 여름

자신을 알자

똑같은 논밭에서도
수확이 많은 농부가 있고
그렇지 못한 농부도 있지

같은 악기를 가져도
명연주의 악사가 있고
그렇지 못한 악사도 있지

잘 되고 못 됨을 두고
남을 탓할 것이 아니라
자신을 돌아볼 일이다.

— 『청계의 향기』 제3집. 「청계문학사화집」 2021

당신만 있다면

세상 어디에나
숨을 쉴 공기가 있고
목을 적실 물이 있고
배를 채울 양식도 있지만
당신이 없다면 무슨 소용이랴

세상 어디에나
앞을 가리는 어둠이 있고
가슴을 저미는 슬픔이 있고
마음을 찢는 아픔도 있지만
당신만 있다며 무엇이 문제랴.

— 『서석문학』 제42호. 2017. 여름

내일을 보는 눈

눈은 사람의 겉모습만 보지만
XRY는 눈이 못 보는 뼈를 보고
MRI는 뼈대 속까지 꿰뚫어 본다

눈이 보고 있는 겉면을 지나
안쪽을 보는 XRY나 MRI처럼

오늘 다음에 오게 되어 있는
내일을 미리 볼 수 있는
XRY나 MRI도 있었음 좋겠다

누구나 지금 사는 오늘보다
다가올 내일이 궁금해서다.

— 『사상과 문학』 2021 가을호

너의 몫

옛날 옛적 어머니들은
딸을 시집보낼 때 말했다

남편을 제왕처럼 섬기면
너는 왕비가 될 것이지만

남편을 하인으로 여기면
너도 하녀가 될 거다

남편을 존경하고 받들면
남편은 성군이 되겠지만

불평하고 윽박지르면
희대의 폭군이 될 것이다

주어진 쌀로 밥을 짓느냐
술을 빚느냐는 너의 몫이다.

― 「한국시낭송회의」 2017. 4. 28.
― 『한국창작문학』 여름호. 2017.

내 몸은

어릴 때의 내 몸은
놀이터를 찾아다니며
뛰놀기에 바빴고요

점점 커가면서는
학원과 학교에 잡혀
공부에 시달렸어요

어른이 되었을 때는
생활을 쫓아다니며
일에만 진력했는데

늙어서의 내 몸은
세상 모두를 위해
시중들기에 바빠요.

― 『서석문학』 제57집. 2021. 봄호.

점 하나

아름다운 사람 「미녀」도
점 하나만 보태면
무서운 사람 「마녀」 되고

이상한 사람 「기인」도
점 하나 더해 주면
고운사람 「가인」이지요

집안 세간 「가구」에도
점 하나만 빼버리면
풍선 같은 「기구」 되고

양반 동네 「반촌」에서
점 하나 지워 버리면
가난한 마을 「빈촌」이지요.

— 『짚신문학』 겨울호. 2018

산다는 것은

우리가 세상을 산다는 것은
아무도 모르는 어느 누구가
세월의 스크린에 비춰 주는
한편의 동영상인지도 몰라

스크린에 투영되는 나는
자라면서 영역을 넓혀가며
아등바등 살다가 사라지지

그렇게 동영상이 끝나면
비워진 스크린을 뒤로하고
관객들은 말없이 떠나겠지

우리가 한 세상 사는 일은
어느 누구가 비춰 보이는
재방영 없는 영상인지 몰라.

— 『강서문학』 제30호. 2018

동무란 말

6·25 동족상잔이 시작되자
재종형은 의용군에 자원하면서
마을 어른들께 인사를 다녔다

"어르신 동무들, 다녀오겠니더."
내가 어른들께 동무가 뭐냐니까
'동무'는 한 가지 '동', 힘쓸 '무'로
한 가지 일에 힘쓰는 동지라 했다

공산군과 선무공작대란 사람들은
할바이 동무, 아바이 동무……,
어른도 아이도 모두 동무라 했다

인민을 해방시키러 간다며 떠난
재종형 동무는 다시는 안 오고
'동무'라는 말만 내 가슴 깊숙이
'마목(痲木)'으로 굳어 박혔다.

＊동무(同務) : 한 가지 일을 위해 같이 힘쓰는 동지.
＊마목(痲木) : 근육이 굳거나, 나병으로 피부가 허는 등 아주 나쁜 병.
— 『문학과 통일』 제7호. 2021 연간집. 2021, 3, 1

한 세상 산다는 것은

줄기를 흔드는 것은
무언가를 말하고 싶은
당신의 몸짓입니다
가만히 보고 있으면
내 마음이 흔들립니다

방실거리는 꽃은
고와서 슬프게 하는
당신의 얼굴입니다
가만히 보고 있으면
나는 울먹이게 됩니다

산다는 것은
한 세상 산다는 것은
한 그루 꽃나무로 와서
서로가 서로를 흔들며
울먹이는 일입니다.

— 『착각의 시학』 2017 여름호

늙은 친구들

마령(馬齡) 80을 넘은 노구들이
모처럼 자리를 같이하고 보니

풀잎만 같던 모습은 어디 가고
시든 노안(老顔)에는 검버섯이다

"식솔들은 모두 무탈한가?"
"손자, 손녀들은 잘하고 있지?"

굴피 같은 손을 모아 잡으며
건네는 수인사에도 가뭄이 깊다

"그 친구 소식 들었는가?"
"산에 가서 누운 지 좀 됐지"

더 이상 뒷말을 잇지 못하고
모두 서로의 얼굴을 쳐다본다.

─ 『自由文學』 제109호. 2018. 가을

이름이 값인가 봐

홈타운, 롯데캐슬, 오벨리스크 하면
같은 아파트나 빌딩이라도 고급스럽고
뜨란채, 윗뜸마을, 대나무골이라 하면
후지고 고루한 느낌이 든다며 멸시한다

깨꽃, 솜다리, 수수꽃다리라 하면
아무 데나 자라는 천해 빠진 야생화지만
사루비아, 에델바이스, 라일락이라야
외래종으로 치부되어서 우대받게 되고

우리 꽃 개미취, 원추리, 금불초가
들여온 가베라, 마가렛. 크로커스에
밀려나는 것도 토종이란 섯 때문이다

새로 태어나는 아기들 이름을 지어도
대렬, 혜영이, 형규, 지수보다는
조셉, 다니엘, 쇼피아, 엘리자벳을
더 좋다고 한다면 나는 못난 토종인가

마당쇠, 밥순이라 하던 순박한 이름이
나라님들에 와서는 DJ, YS, MB였으니
앞으로는 지금 불리고 있는 내 이름도
진부하다 하여 웃음거리가 될지 모른다.

— 『농민문학』 제116호. 특집 토종詩. 2021 여름호

혼자라는 생각

혼자라고 생각하지 말자
비록 식은 밥을 먹더라도
식기들이 함께 자리하잖아

혼자라고 슬퍼하지 말자
집 안 청소를 할 때에도
청소용구들이 도와주잖아

혼자라고 외로워 말자
여러 가지 가재도구들이
언제나 곁에 있어 주잖아

혼자인 잠자리에서도
항상 곁을 떠나지 않고
고독이 동침하고 있잖니

한세상 사는 일이란
모두가 함께이기 마련
절대 혼자일 수는 없단다.

— 『강서문학』 제29호. 2017.

내 몸이 곧

우리 땅을 적시는 물은
내 몸으로도 스며들어
핏줄을 따라 흐르고 있다

우리 하늘을 휘젓는
바람과 구름 몇 자락도
나에게로 날아와서
몸속을 드나들며
생명의 불꽃을 피우고 있다

나의 뼈와 살을 이룬 것은
우리 강산에서 나는 곡식과
갖가지 열매와 잎새들이다

봄바람이 불어오면
마음이 근질거리는 것은
내 몸에서도 새싹이 돋고
잎눈 꽃눈이 피려는 것이다

우리 땅이 단풍으로 물들면
나도 익어가기 마련인 것은
내 몸이 하늘땅이기 때문이다.

— 『농민문학』 제102호. 2017

페트병에 실은 내일

햇살이 눈 부신 오월 하늘 아래
페트병에 담은 쌀을
서해의 푸른 물결에 띄운다

페트병들은 하얀 무리를 지어
때맞춰 흐르는 물살을 타고
덩실덩실 춤을 추며 북으로 간다

그들이 가지고 가는 쌀은
단순한 구황 식량이 아니다
천지인(天地人)의 결정체로서
하늘이고 땅이고 사람이다

이상적 자연의 순리인 천지인은
조화, 교화, 치화의 근본으로
7천만이 70개 성상 소망해온
사랑이고 비원이고 아픔이다

그 간절한 아픔의 원역을
하늘과 하나로 손을 맞잡은
서해의 푸른 물결에 위탁해서
페트병에 담아 보낸다

흐르는 물결도 오늘은
통일을 외치는 몸짓이고
몸에 와 감기는 바람에도
축제의 향기가 실려 있다

오월의 눈 부신 햇살 아래
강화 석모도 바닷가에서
페트병에 내일을 실어 띄운다.

— 2017. 5. 26. 15:30. 석모도 하리에서.
—『문학과 통일』제3호. 2017

평화전망대에서

이쪽의 푸른 산과
저쪽의 붉은 산이
마주 보고 앉아 있다
두 무릎 사이 1.8㎞

포탄을 품은 지뢰밭에서
서로가 뺨이라도 때릴 듯
노려보지만 아무도 말이 없다

잠시 쉬고 있는 휴화산 같아서
언제 터져 치솟을지도 모르는
뜨거운 불길을 속으로 품은 채
태연한 민낯의 제적봉(制赤峰)

바다에서 육지로 기어오르며
상대를 공격했던 상륙정도
오늘은 여기에 앉아 쉬면서
묵묵히 바다를 굽어보고

금강산 노래비는 계속해서
고운 목청을 가다듬어
'그리운 금강산'을 부르는데

휴전이라는 미명 아래
산도 바다도 하나같이
잠시 불길은 멈추었지만

그것은 새로운 시작을 위해
더 잔혹하고 무서운 환란을
준비하고 있을 수도 있나니

붉은 산을 건너다보면서
울창한 숲에는 새들이 깃들고
맑은 물이 흐르는 골짜기에는
온갖 짐승들이 뛰놀게 될……

강화도의 평화전망대에서
이쪽의 푸른 산과
저쪽의 붉은 산이
하나가 될 날을 그린다.

— 2017. 5. 26. 강화평화전망대에서.
— 『문학과 통일』 제3호. 2017

제3부

민들레 꽃대

심부름꾼

해님은 매일 아침
어김없이 찾아와서

밝은 빛을 펼치고
따스함도 깔아준다

하느님 심부름이라며
수고비도 안 받는다.

— 『소년문학』 제338호 2021년 1월

씨앗

풀과 나무의 일생을
모아 담은 타임캡슐

땅속에 들어가서
참선을 마친 뒤에

풀과 나무의 일생을
재생하는 시간 상자.

— 『문학타임』 제39호. 2021년 가을호

썰물과 밀물

수평선 저 멀리가 궁금해
쏴아! 몰려나갔던 바닷물

바위에 붙어있는 굴과 따개비
갯벌에 남아있는 조개와 문어

그 귀염둥이들이 생각나서
또다시 헐레벌떡 돌아옵니다.

— 「'21동시의 날 시화전」 2021.

시골은

시골의 나무들은
색깔이 매우 곱다
물이 맑기 때문이다

시골의 풀꽃들은
향기가 더욱 짙다
공기가 깨끗해서다

시골의 사람들은
마음이 모두 곱다
환경이 좋아서다.

— 『문학타인』 제38호. 2021. 여름호

흐린 날씨

잘 갔다가 오너라
학교 가는 나를
매일 걱정하던 할머니

탈 없이 돌아와야지
돈 벌러 간 아들을
날마다 기다리던 할머니

하늘나라 가서도
그 생각만 하시나
하늘 표정이 우울하다.

— 『다온문예』 제14호. 2020. 4

나무와 강물

며칠째 폭우가 반복되더니
어디에 산사태가 났는가 보다
뿌리째 뽑힌 나무 한 그루가
강물에 실려 내려가고 있다

나무는 물 없으면 못 살지만
물속에서도 살 수가 없는데
통째로 물에 잠겨서 어쩌나

물결이 거세게 굽이칠 때마다
가지를 흔들며 자맥질을 한다
좋아서 까불거리는 몸짓일까
헤어나려고 몸부림을 치는 걸까

대대로 붙박아 살던 곳을 두고
저렇게 알몸으로 물에 실려가며
나무는 어떤 생각을 하고 있을까

모든 것을 운명이라고 체념할까
새 땅을 만나길 기대하고 있을까
절망과 소망의 두 끈에 매달려
강물에 떠내려가는 나무 한 그루

우리가 한 세상 살아가는 법도
저기 떠내려가는 나무와도 같이
내 뜻과는 상관없는 세월에 실려
삶과 죽음의 두 그림자를 끼고
정처 없이 흘러가는 것은 아닐까?

누대로 뿌리내려 살던 곳을 두고
객향을 떠돌아다니는 나처럼
한 그루 나무가 강물에 실려서
어디론가 무작정 떠가고 있다.

— 『짚신문학』 제23호 2021. 연간집

흘러가는 강물은

흘러가는 강물은
서로가 어깨를 짜고
나란히 정답게 간다

흘러가는 강물은
낮은 데를 향하여
모두가 일방통행이다

흘러가는 강물은
그래서 함께 만나
깊고 큰 바다가 된다.

— 『淸溪文學』 제29집. 2020. 여름호

어떻게 자랄까

코스모스의 새싹은
파란 머리칼 같다

어떻게 자랄까
볼수록 걱정이다

작은 관상어 새끼는
물속의 먼지 같다

어떻게 살아갈까
자꾸만 걱정이다.

— 『한국창작문학』(2020). 「누가 심었을까」를 수정

도동 측백 숲

늘 푸른 측백 한 층
이끼 낀 바위 한 층

층층이 겹쳐 쌓여
측백의 바위 벼랑

숲은 돌을 껴안고
돌은 숲을 가꾸며

측백나무 몇백 년
바위 언덕 몇만 년

영원한 우리 지랑
도동의 측백 수림.

＊천연기념물로 지정된 대구 도동 측백 숲.
ㅡ『한국현대시』 제25호. 2021. 4. 1

수국의 변절

산성 땅에 심으면
파랑색 꽃이 피고
중성 흙에 자라면
보라색 꽃이 된다

뿌리한 곳에 따라
꽃 색이 달라진다

알칼리성 흙에서는
붉은색 꽃이 피고
석회질 땅에 살면
분홍색 꽃이 된다

있는 자리 따라서
색깔이 결정된다.

＊수국은 색이 변하므로 七辯花라고도 한다.
ー『문학秀』 제8호 2021. 5,6월호

민들레 꽃대

민속촌 빈 뜰에서 시든
민들레 꽃대를 보며
내 어머니를 떠올린다

객지로 살러 떠나는
아들딸들을 보내면서
사립에서 손을 흔들던
어머니의 파리한 몰골이
민들레 꽃대만 같았다

한 번 보내고 나면
다시는 만나지 못할
씨앗들을 생각하면서
말라가는 민들레 꽃대

갓털에 매달려 날아간
씨앗들 하나하나는
새 땅에 가서 살겠지만
남겨진 민들레 빈 꽃대는

아들딸을 다 떠나보내고
고향 집 빈 뜰에 서 있던
내 어머니의 모습으로
관심 밖에서 시들겠지.

— 『강서문학』 제29호. 2017.

우리 민들레

외진 가로등 밑에
민들레 한 포기가 있다

밝은 불빛이 좋아
거기 있는 게 아니다

가로등이 되고 싶어
등불 같은 꽃송이를
환히 밝혀 들고 있다

가로등이 살피지 못한
외진 곳을 비추려는 거다.
후미진 곳을 밝히려는 거다.

＊꽃대가 짧고 꽃이 많으며 옆으로 눕는 것은 서양 민들레다.
ㅡ『문학타임』제39호. 2021년 가을호

우리 땅 모양

우리 땅 모양은 누에이고
넓은 만주벌판은 뽕잎이야
누에는 뽕잎을 먹고 자라
고치를 짓고 비단을 짜지

고구려 옛 땅을 찾으려던
애국지사들의 말씀이었어

한반도는 나약한 토끼야
우리 손아귀에 잡혔으니
털가죽은 옷으로 만들고
고기는 맛있게 먹어야지

우리나라를 쳐들어왔던
왜적이 짖어댔던 소리야

우리 강토의 생김새는
대륙을 향하는 호랑이야
모든 짐승을 호령하며
천하를 지배할 제왕이지

일제의 침략에 대항했던
독립투사들의 외침이었어

한국의 지도는 애벌레고
중국 대륙은 살찐 암탉이야
암탉의 입에 물린 애벌레
그것이 지금의 한국이지

동북공정이란 억지를 쓰며
되놈들이 꾸며낸 괴담이야

대한민국의 지도 모양은
태평양과 인도양을 향해
머리를 쳐들고 달리려는
무적의 제왕 공룡이지

내일의 세계 속을 웅비할
우리 조국의 참모습이야.

― 『한국시낭송회의』 제184회, 2018
― 『殉國』 2018년 12월호

호남평야를 가며

호남평야 넓은 들을 지나가다가
끝없이 펼쳐진 보리밭을 보았다

하늘도 푸르고 들판도 푸른데
보리 숲은 물결처럼 우쭐거리고
구름 가는 하늘 밑, 들판 저 멀리
농막 하나 두둥실 떠가고 있었다

지난날 보릿고개 눈물고개에서는
어린싹도 뜯어서 맹물에 삶아 먹고
익지 않은 풋보리도 훑어 먹으며
굶주림을 달랬던 구황작물 보리는
깜부기도 따서는 군것질을 했는데

지금의 보리밥은 성인 건강식이고
이삭 줄기는 꽃꽂이로도 사랑받으니
들판의 보리밭도 저렇듯 당당하구나

그 가운데 떠가는 농막 하나도
푸르른 파도를 타는 놀잇배처럼
당실당실 춤을 추며 가고 있었다.

— 『농민문학』 제115호 '보리밭' 테마기획특집. 2021 봄호

벼농사의 변천

볍씨를 뿌려 못자리를 한다
손을 빠져나가는 볍씨들이
시집보내는 딸자식만 같다

모가 자라면 모심기를 한다
손가락 끝이 뭉개지도록
모를 논바닥에 꽂아야 한다

김매고 가꾸어 거두기까지
손이 아흔아홉 번 간다니
그보다 더한 사랑이 있을까

이제 그런 벼농시는 없다
경운기가 소를 대신하고
이앙기가 모를 심어주며
제초기가 논의 풀을 맨다

콤바인이 벼를 거두어서는
탈곡에서 포장까지 해준다
벼는 이제 사람 손을 떠나
기계가 심고 가꾸고 거둔다.

— 『농민문학』 기획특집 '벼' 2021 가을호

우주 속의 거인

마을 뒤 높은 산봉우리
봉수대가 있던 자리에
지금은 레이더가 서 있다

낮에는 연기로
밤에는 불빛으로
급한 소식을 전해주던
옛날의 봉수대는
고물이 되어 물러나고
레이더가 대신 들어섰다

보이지 않는 전파 그물로
우주를 겹겹이 감싸서
칭칭 동여 묶은 레이더는

먼 허공으로 귀를 열어
모든 소리를 다 듣고
대지의 눈이 되어
온 우주를 다 보고 있다

조그마한 흙덩이 지구는
이제 우주 속에서 가장 큰
거인이 되어가고 있다.

— 『도동문학』 제2집. 2017

생명의 타임캡슐

태초에 하나님은 후대에 남길 자료를
금궤에 담아 전하라 하셨다(히브리서9:1-3)

이 세상에 있는 모든 생명체는
하나님의 이 말씀을 꼭 지킨다

살아가는 제 모습은 물론이고
둘레의 환경과 바람의 자취까지
후대에 전하려고 금궤에 담는다

사람은 무엇보다도 솔선해서
꽃피는 봄과 단풍 고운 가을과
비바람 몰아오는 계절의 변화며

한세상 이어갈 목숨의 길이까지
빠짐없이 거두어 한데 모아
다가오는 내일로 넘겨주고 있다

그것은 훗날을 위한 언약
금궤에 담아 후대에 전하려고
세월 속에 묻는 타임캡슐이다.

—『짚신문학』제23호 2021. 연간집

청사적 한강

누리에 여명이 터오던 태초에
좋은 삶터를 찾던 사람들이
하늘 맑고 기름진 터를 잡아
둥지를 틀고 꿈을 키웠던 자리
암사동 선사유적지를 품은 한강

한배검이 새 나라를 세운 후
반만년 역사를 관류해 오면서
겨레를 품어 안고 사직을 받쳐
배달의 전통과 문화를 가꿔온
자랑스러운 얼의 큰 줄기 열수

방황하는 온조의 백성들을
위례성에 안주케 해주고도
호태왕이 잔주를 정벌할 때는
서슴없이 물길을 열어주며
겨레의 통합을 염원했던 아리수

검룡소를 떠나 대양을 향하면서
떨어져 구르고 산산이 부서져도
다시 뭉쳐 일어서는 불굴의 의지로
분산된 겨레의 통합을 기약하며
도도히 흘러온 배달의 기상 한 수

이규보가 찬미했던 서강과 사평
공민왕이 화폭에 심은 율도청람
강희맹과 성종이 예찬한 서호팔경
산과 들을 담은 잔잔한 흐름이
모두의 사랑이고 서정이었던 밀하

여기 흐르는 것은 물이 아니라
겨레의 땀과 피와 기백이며
연면한 것은 물길이 아니라
높은 이상과 뜨거운 소망이고
우리의 과거와 미래인 욱리하

한강의 기적을 선포하면서
조국번영을 이룩한 분이 있어
이제는 반만년의 가난을 털고
세기의 기적을 낳은 증좌로
아라뱃길을 열어놓은 태평강.

＊잔주(殘主) : 고구려와 싸웠던 상대국 족장들, 백제부족장들
＊阿利水(고구려), 寒水河(신라), 北瀆(삼국사기), 西江, 沙平, 洌水(고려),
　蜜河, 郁利河(백제)→ 漢江의 다른 이름, 外 남한강, 북한강, 동호(뚝
　섬), 한강(한남동), 서강(합정동), 서호(밤섬), 동작강(동작동) 노들강
　(노량진), 용산강(용산), 투금탄(강서).
—『한강문학』제8호. 2016. 겨울호

제4부

쓰레기와 빗자루

별

멀리 있어서
그리움이다

함께 못 있어
서러움이다.

─『한국문예』 동인지 제5호. 2021

마음 밭

화내고 비난하면
마음 밭이 돌밭 되고

웃으며 칭찬하면
마음 밭에 꽃이 핀다

모두 마음 밭을
꽃밭으로 가꿔주자.

─『詩歌흐르는서울』제46호. 2020. 10

바람과 물결

바람이 잔잔하면
물결도 잔잔하고

바람이 드세지면
물결도 드세진다

세상은 바람이고
우리는 물결이다.

— 『가교문학』 제03호. 2021년

양 끝

입과 항문은
창자의 양 끝이다

만남과 헤어지는
인연의 양 끝이다

태어남과 죽음은
일생의 양 끝이다

앞 끝과 뒤끝이
이어진 양 끝이다.

— 『文藝思潮』4일호. 2017.

양면

미움과 고움은
마음의 양면이다

행복과 불행은
생각의 양면이다

그늘과 양지는
빛살의 양면이다

앞면과 뒷면이
이어진 양면이다.

—『文藝思潮』4월호. 2017.

언제나

색깔은 눈에 담기고
향기는 코에 실리고
모양은 가슴에 스며서

영원한 기쁨이 되는
내 가슴에 남은 꽃이다
못 잊을 애틋함이다

언제나 지지 않는
고향 집 뒤란에 피던
새하얀 옥매화 한 그루.

— 『한국문예』 동인지 제5호. 2021

수성못

수없이 많은 대구시민이
성하의 무더위를 씻으려고
못을 찾아 모여드는 유원지

수려한 한라산 백록담 물도
성스런 백두산 천지의 물도
못 잊어 여기로 와서 만난다

수수만 우리 겨레들의 소망
성심껏 기원해온 남북통일도
못을 채운 물같이 하나 되자.

＊한국관광100선에 들어있는 대구 호수유원지
ー『문학과 통일』 제7호. 2021 연간집. 2021. 3. 1

사고무친

대도무문(大道無門)
큰길에는 문이 없다는 말
길 전체가 문이란 뜻이다

지룡무족(地龍無足)
지렁이는 발이 없다는 말
몸 전체가 발이란 뜻이다

사고무친(四顧無親)
친한 사람 전혀 없다는 말
모두가 친지라는 것이다.

―『한국창작문학』 봄호. 2017.

여름 풍경화

작은 감나무 한 그루가
나비처럼 잎을 흔들며
하늘을 쳐다보고 있는
낡은 기와집 앞뜰에는

등나무 의자에 앉아서
바람을 쐬는 할머니와
종종거리며 놀고 있는
토끼만 한 아기가 있고

어미 닭이 하는 대로
모이를 찾는 병아리들이
깻잎 같은 날개를 흔들며
팔랑팔랑 뛰어다니는데

햇볕 쨍쨍한 하늘은
구름 몇 장을 펼쳐 들고
가만가만 흔들고 있다
어느 여름날의 풍경화.

— 『국제문단』 제10호. 2016. 가을

제습기를 보며

엄마가 방안의 제습기에
가득 찬 물을 내다 버리며
놀랍다는 표정으로 말했다

"그 사이 물이 이만큼이다.
우리가 물속에 사는 꼴이야."

"그게 웬 물인데 그래요?"
"방안 공기에서 나온 거야."

TV에서 광고를 하고 있다
썩은 물을 마시고 죽어가는
아프리카 어린이들을 돕잔다

그 불쌍한 어린이들에게
이 제습기를 보내고 싶다

공기 속에 있는 저런 물을
뽑아내어 먹을 수 있게.

—『詩歌흐르는서울』제45호. 2020. 9

쓰레기란 말

쓸모없는 쓰레기란 말
함부로 하지 마라

버려지는 음식쓰레기도
목숨의 불꽃을 피운
귀한 생명의 기름이었고

생활용품 쓰레기도
다시 살려 쓰고 보면
새로운 자원이 되지만

세상에서 최귀하다는
우리 몸은 버려지면
진짜 쓸모없는 쓰레기다

쓸모없는 쓰레기란 말
함부로 쓰지 마라.

— 『詩歌흐르는서울』 제20호. 2018

쓰레기와 빗자루

쓰레기를 쓸어내던 빗자루가
낡아서 하치장에 버려졌다
쓸려 나온 갖가지 쓰레기들이
빗자루를 보고 빈정거렸다

"우리를 쓸어내던 빗자루다."
"저만 잘 난 체하더니, 뭐야…"
"결국, 저도 쓰레기일 뿐이야."

비바람에 쓸려 세월은 가고
쓰레기도 빗자루도 썩어갔다

"너와 나의 구별이 어디 있어
 한 세상 끝은 모두 같은 거야."

쓸어내던 것도 쓸려 나던 것도
다 함께 어울려 하나가 되어
망각 속으로 묻혀가고 있었다.

ー『淸溪文學』 2021. 여름호

변소의 변신

변소가 해우소인 것은
마음속 근심 걱정까지
풀어내는 곳이란 뜻이다

미움과 욕심의 때를
씻어버리라는 것이다

그래서 해우소는 거실과
서로 멀리 떨어져 있었다

변소가 화장실인 것은
얼굴과 몸매를 다듬고
매만지는 곳이란 뜻이다

옷매무새도 고치고
외모를 꾸미라는 것이다

그래서 화장실은 거실과
서로 가까이 붙어 있다.

― 『현대문예』 제93호. 2017

병원 중환자실

절간이나 유원지에는
불이문이나 불로문이라는
가상의 문을 두고 있다

이승과 저승 사이에는
눈에 보이지는 않지만
불귀문이 하나 있다

이승 사람들은 언젠가는
모두가 들어가게 되는
일방통행인 문이다

갈 사림도 남을 사람도
자기 차례가 늦춰지기를
모두 소망하는 문이다

"이쪽은 건강하니 남고
  병약한 저쪽은 가시오."

결정을 내리는 사람도
언젠가는 꼭 가게 될
여기는 불귀문 앞이다.

─『사상과 문학』 2021 가을호

영면이란 것은

우리가 잠을 잔다는 것은
영혼이 육체를 떠남이다
잠시 동안의 유체분리다

한순간 영혼이 떠나가고
육체만 벗어놓은 옷처럼
침대에 널브러져 있는 것을
우리는 자는 것이라 하고

육체를 빠져나간 영혼이
돌아다니며 겪게 되는 일을
우리는 꿈을 꾼다고 한다

잠에서 깨어난다는 것은
육체를 떠났던 영혼이
제자리로 돌아오는 것이다

이런 유체분리와 결합을
자고 깨는 것이라 하지만
분리된 뒤 결합이 없으면
계속 자므로 영면이 된다

죽음을 영면이라 하는 것은
몸을 벗어두고 떠나간 넋이
다시 돌아와 결합하지 않는
영원한 유체분리인 것이다.

＊유체분리(遺體離脫) : 몸 따로 마음 따로, 영혼과 육체가 나누어진다는
  현상.
— 『강서문학』 제30호. 2018

본래대로

내가 살고 있다고 해서
지구가 내 것인 줄 아니?
잠시 빌려 쓰는 것이란다

넓은 바다와 높은 하늘
밝은 태양과 반짝이는 별
어느 것도 내 것은 없다

철 따라 바뀌는 계절과
나에게 주어진 한 세월도
사는 동안만 빌린 것이다

마음대로 가질 수 있고
필요한 대로 쓴다고 해서
내 것이라 생각하지 마라

빌린 것은 돌려줘야 한다
언젠가는 쓰지 않게 되면
본래대로 두고 가야 한다

내가 지금 갖고 있는 것
살면서 쓰고 있는 것들은
어느 것도 내 것은 없단다.

─『강서문학』제30호. 2018

소나기 마을에서

초등학교 아이들은
소나기는 얄밉게도
소풍날만 온다고 하는데
양평 소나기 마을에서는
매일 한 차례씩 소나기가 온다

모처럼 그곳을 찾은 나는
분수가 뿜어주는 소나기를
노박이로 맞으며 생각에 잠긴다

풀꽃이 곱게 깔린 언덕에서
소녀를 바라보고 있는 소년과
잔잔한 노래로 흐르는 시냇물에
건반처럼 놓인 징검다리에서
물장난을 하고 있는 한 소녀

여기에서 만난 두 소년 소녀는
서로에게 간절함만 안겨주고
소나기처럼 지나간 환영이었나
돌아봐도 그들은 찾을 수 없다

수줍음 많은 시골 소년과
순연한 윤 초시네 증손녀는
소나기가 이렇게 내리는데도
어디 가서 무엇을 하고 있을까

산기슭에는 그날처럼 풀꽃이 피고
풀국새 소리 날아드는 밭이랑에
원뿔 모양으로 세워진 수숫단은
가슴을 열어놓고 기다리는데….

— 2018. 5. 29. 양평 문학기행에서
—『강서문학』제28호. 2018.

한옥마을에서

한옥마을 구경을 갔다
주인 없는 집들이
큉한 눈으로 나를 반겼다
문득 해양박물관에서 보았던
선사시대 조개무지가 떠올랐다

화려했던 제국이 망해버린 자리에
폐허로 남아있는 성채들처럼
속살은 다 빠져나가고
쭉정이로 남아있는 조개껍데기들

넓은 바다를 삶터로 하고
거친 파도와 싸우면서 살았던
선사시대의 소라와 조개들은
소중히 가꿔온 껍데기는 벗어두고
지금은 어디 가서 무얼 하고 있을까

조개무지처럼 낡은 껍데기가 된
빈집만 모여 있는 한옥마을에는
한복의 아낙네가 물을 긷던 샘이 있고
도령님들이 책을 읽던 서당이 있으며
암탉이 알을 품던 둥우리가 있고
황소가 여물을 먹던 외양간도 있지만
거기에 살던 주인공들은 어디 가고
관광객만 무시로 드나들고 있다

껍데기는 남겨두고
목숨만 거두어 가버린 조개들처럼
모두가 떠나가고 빈집만 남아있는
한옥마을 옛집들을 돌아보며
조개나 소라의 속살을 파먹었던
내 모습을 떠올려본다
해양박물관 조개무지에서 보았던
조개껍데기 화석 무덤을 생각한다.

— 『한강문학』 제6호. 2016. 봄호

대도무문(大道無門)
큰길에는 문이 없다는 말
길 전체가 문이란 뜻이다.
－「대도무문」 부분

제5부

우리네 조상들은

해방의 날

대한독립 만세를
목 터지게 외쳤지

넘치는 태극 깃발에
하늘땅이 춤을 췄어

죽었던 우리 역사가
부활하던 날이야.

— 인터넷신문 「시민포커스」 2021. 8. 15

냇물

냇물은 끊임없이
흘러야 하는 것은

앞물은 끌어주고
뒷물은 밀고 오니

잠시도 멈출 수 없지
쉬지 않고 가야지.

— 『소년문학』 제338호 2021년 1월

사는 일

하루가 힘든다고
숙제로 생각 말고

나날이 사는 일을
축제로 생각하면

모두가
기쁨이지요.
은혜로움입니다.

— 『한국현대시』 제18집. 2017
— 자유시를 시조로 개작 수록

허수아비

물이 말라버리면
강바닥도 자갈밭이지

풀숲이 없어지면
산과 들도 흙더미지

나에게
네가 없으면
내 버려진 허수아비야.

― 『한국문예』 동인지 제5호. 2021

허물

나이를 먹는 것이
어릴 때는 기쁨이었다

점점 자라는 것이
그때는 자랑이었다

이제는
어른이 되니
늙는 것이 허물이다.

— 『한국창작문학』 2017. 봄호
— 자유시를 시조로 개작 수록

즐겁게 살아가자

방바닥이 식어 가면
아궁이에 불을 지피고

오한이 찾아들거든
내 안의 열을 높이자

외풍을 탓하지 말고
내공으로 나를 데우자

산다고 하는 것은
눈서리 비바람의 길

한증막에 들어앉아
냉탕 온탕을 하듯이

열풍과 설한풍에도
즐거웁게 살아가자.

― 『마포문학』 제10호. 2016. 12.

봄 오는 산하

겨울이 깊을수록 봄은 더욱 가까우리
언 땅이 풀리면서 물소리가 열려오면
제비도 옛정을 찾아 다시 돌아온단다

잠자던 산과 들이 초록으로 물이 들면
바위도 뒤척이며 싹이 날 것 같은데
휴전선 철책선인들 꿈틀대지 않을까

금강·설악 명산들이 함께 한 태백정맥
남북을 이어 주는 임진강과 한강 줄기
칠천만 모두의 봄이 하나이길 바란다.

― 『문학과 통일』 제7호. 2021 연간집. 2021. 3. 1

우리네 조상들은 · 5
― 빛을 따라 동으로 오다

우리네 조상들은 나무 사이 해(東)를 보고
빛을 따라 동으로 온 한울님의 자손이기
고조선 나라 이름도 아침 빛으로 했지요

집이 앉는 방향도 해를 보게 하였으며
흙으로 빚어서 불에 구운 그릇까지도
겉면에 빛살무늬를 곱게 새겨 넣었지요

전래되는 불가사의한 주술적 민간요법인
동벽토(東壁土)나 동도지(東桃枝) 같은 것도
동쪽의 밝음을 향한 조상들의 염력이었고

왕세자는 동궁이고 관청이 동헌인 것도
백성을 다스리는 통치자의 어진 정책이
동녘의 아침 빛 같은 밝음이길 바라셔죠.

― 문학세계문인회 『하늘비 山房』 제12호. 2021. 여름

우리네 조상들은 · 6
— 이렇게 지냈어요

우리네 조상들은 벗어놓은 신발들이
바깥쪽을 향하면 나가라는 뜻이라고
손님의 신발 정리는 안을 보게 했어요

우리네 조상들은 먹고살기 어려웠기
식사 때 수저질은 앞쪽으로 당겼어요
식복을 끌어당겨서 받으려는 거였죠

우리네 조상들은 집 안을 청소할 때도
쓰레기도 썩을 것은 가려서 따로 모아
농사에 필요로 하는 두엄으로 썼대요.

— 문학세계문인회 『하늘비 山房』 제12호. 2021. 여름

우리네 조상들은 · 7
― 너무도 곤궁해서

우리네 조상들은 먹고살기 어려워서
굶주림이 일상이라 먹는 데 포원이 저서
나이도 먹는다 하고 욕도 겁도 먹는댔어요

우리네 조상들은 슬픈 일을 많이 겪어
아름다운 소리도 울음으로 생각해서
매미와 벌레는 물론 새소리도 운댔어요

우리네 조상들은 반만년 애옥살이로
너무도 힘겹도록 죽지 못해 살아왔기
좋아도 행복할 때도 죽겠다고 했어요.

― 문학세계문인회 『하늘비 山房』 제12호. 2021. 여름

우리네 조상들은 · 8
― 춥고 배가 고파서

우리네 조상들은 엄동에도 홑옷이라
솜다리, 솜나물풀, 솜양지꽃, 솜방망이
풀에도 솜을 붙여서 따스함을 기렸대요

우리네 조상들은 굶주린 춘궁에는
된장풀, 국수나물, 달걀꽃, 이팝나무
푸나무 이름에서도 위안을 얻었대요

우리네 조상들은 추위와 배고픔을
대대로 물려받은 분복으로 체념하며
이렇게 정신적으로 극복하여 왔대요.

― 『한국불교문학』 제44호. 2021 가을호

우리네 조상들은 · 9
― 입 하나 가지고도

아기가 젖 부족으로 암죽을 먹을 때는
옛날 할머니들은 죽도 씹어 먹였어요
아기도 좋아했지만 소화에도 좋았대요

아기 눈에 먼지나 티가 들어갔을 때는
손으로 비비거나 닦아내지 아니하고
입으로 눈을 불어서 아주 쉽게 꺼냈대요

손발을 다치거나 몸에 난 작은 상처는
혀로 핥아 낫도록 했었다고 하지요
사람의 침만큼 좋은 항생제는 없대요.

― 『한국불교문학』 제44호. 2021 가을호

우리네 조상들은 · 10
— 아귀 이야기

먹을 것을 남기거나 내버리지 마세요
음식물 쓰레기나 환경오염 문제보다
버리는 행위 자체가 큰 죄악이 됩니다

우리 둘레에는 아귀란 것이 있는데
배는 태산이고 목구멍은 바늘귀라서
언제나 굶주림으로 고통받고 있대요

버려진 음식에는 아귀들이 몰려들지만
입을 대면 음식물이 불덩이로 변해서
무서운 고통이 되니 그게 모두 죄래요

그래서 옛날부터 우리네 조상들은
음식을 먹을 때는 소리를 내지 않고
하수에 밥알 한 톨도 안 나가게 했대요.

*아귀(餓鬼) : 불경에 나오는 굶주림의 귀신
— 『現代時調』 제145호. 2021. 봄호.

부석사 참배기

봉황이 알을 품듯 산줄기가 감싸 안은
황홀하고 성스러운 이 성지를 지키려고
산 위에 먹구름처럼 떠 있었던 부석바위

부귀란 아침 이슬 반짝하면 떠나가고
석양의 고운 놀도 순간에 지는 것을
사는 길 자비로워라 가르치신 부처님

참나를 찾으려고 모여든 사부대중들
배궤하고 염불하는 법당을 바라보니
기타림 옛이야기가 현현하게 떠오르네.

*기타림 : 옛 인도의 불교사원 기원정사
― 20212년 7월 4일 11시 참배
― 불교아동문학회 연간집 제12집. 2021년

축서사 참배기

문수는 독수리로 축(鷲)이며 지혜인데
수미산(須彌山)에서 팔만 구천리를 날아
산으로 여기에 와서 날개 접은 문수산

축원을 염송하며 지성껏 기구(祈求)하면
서원이 이뤄진다는 영검한 도량이라기
사람값 못해온 나도 참회했소. 축서사에서

참으로 무량합니다. 지혜 도량 문수 성지
배게 자란 송림 위로 구름이 머흘어서
기적이 일 것만 같은 신비감에 젖습니다.

＊축서 : 독수리가 사는 곳
— 20212년 7월 4일 4시 참배
— 불교아동문학회 연간집 제12집. 2021

흑석사 참배기

이산로 390-40은 한가로운 흑석마을
산구릉에 둘러싸인 제일 명당 절골로서
면면히 전해오기를 정토라고 하였다네

흑석사는 여기에 있는 고운사 말사인데
석존님은 나를 기다려 미소로 반기시며
사소한 고뇌들일랑 모두 씻고 가라시네

참으로 큰 기쁨은 아미타여래 친견과
배후의 마애삼존불과 석조여래 참배인데
기록은 망실됐어도 신라 말기 불상이라네.

*정토 : 아미타여래가 계신 극락정토
― 2021년 7월 3일 오전
― 불교아동문학회 연간집 제12집. 2021

희방사 참배기

소백산 연화봉과 신선봉의 두 계곡이
백년해로 가약처럼 서로 만난 자리에
산속에 산을 겹쳐서 숨겨놓은 부처님 땅

희끗한 백발 되어 반백 년 만에 찾아보니
방장에 큰 스님은 부처님을 닮았는데
사부중 바라보시며 미소 띠고 계시네

참배를 하기 위해 대웅보전 들어가서
배석에 무릎 꿇고 부처님을 우러르니
기쁨이 가슴 가득히 샘물처럼 차올랐네.

＊배석 : 참배하는 자리
－ 20212년 7월 3일 3시 참배
－ 불교아동문학회 연간집 제12집. 2021

제일 큰 재산

아무것도 가진 것이 없다는 사람들아
모두 몸 하나는 건강하지 않느냐
그것이 비길 데 없이 귀중한 재산이다

그 몸의 한 부분이 탈이 나서 망가지면
콩팥 한 개 바꾸려도 3천만 원 줘야 하고
간 하나 이식하려면 7천만 원 든단다

눈 한쪽 각막 값은 1억 원이 필요하고
심장은 5억 원에도 이식이 어렵다 하니
몸 하나 돈으로 치면 50억 원이 넘는다

이런 몸이 아파서 구급차에 실려 갈 때
호흡기 사용료는 시간당 36만 원이라니
허파는 하루 864만 원씩 벌어주는 셈이다

건강한 우리 몸은 이렇게 값진 것인데
어째서 가진 것이 없다고 생각하느냐
이보다 귀한 재산이 또 어디에 있더냐.

＊장기이식(臟器移植) : 카페 정보 2019. 9. 11. 「여백의 아름다움」 外
―『現代時調』 제145호. 2021. 봄호.

넘치는 태극 깃발에
하늘땅이 춤을 췄어

죽었던 우리 역사가
부활하던 날이야.
　　　　　-「해방의 날」부분

제6부

신축의 새해를 맞아

고마운 손
― 황금찬 선생님 상수연

울타리가 손을 뻗쳐
덩굴손을 잡아주어서
호박 덩굴의 아기 호박은
비바람에도 끄떡없고

버팀목이 손을 잡아
끌어올려 주어서
능소화는 더욱 높이
꽃을 치켜들 수 있고

나뭇가지가 팔을 벌려
까치집을 받쳐주어서
아기까치는 안심하고
무럭무럭 자라난다.

― 『황금찬 선생님 상수연 송수집』 100인 송수집. 2017. 1. 21

黃錦燦 白壽宴

설산보다 높았다던 보릿고개
어릴 적 그 준령을 넘으면서
마음을 다스려 시의 길로 드셨고

그 고개를 넘던 때의 뚝심으로
백수 영마루에 오르신 지금은
황금빛 찬란한 비단길이십니다

한 줄기 빛이 있어 누리가 밝고
한 송이 향기로운 꽃이 피어
가슴에 맑은 영혼이 스며들 듯

우리 한국 문단의 거목으로
우뚝하게 자리한 영원한 이정표
黃錦燦 선생님! 白壽를 讚합니다.

— 『황금찬 선생님 백수연 축하 낭송시집』 2016. 1. 15

후백 선생님

낙엽 주워
한 간의
시실을 지었지*

그 시실에서 지금도
시를 쓰고 계시겠지
후백(后白) 선생님

차마 어찌 잊으랴
아름다웠던 날들을

추억은 눈을 감지 않아*
우리 모두를 생각하겠지
지난 일들을 그리겠지.

*후백 황금찬 선생의 시구절
*후백 선생의 시제 부분
—『詩歌흐르는서울』제16호. 2018. 여름

신축의 새해를 맞아

신축년 ― 신령스러운 소의 해
찬연한 여명(黎明)이 터오고 있다
근면 성실하고 진실의 표상인 소가
푸른 대지를 향해 머리를 쳐든다

오늘이 춥고 어두울지라도
밝아오는 새날은 다를 것이라는
부푼 기대와 큰 소망이 있기에
삶의 광채는 더해질 것이다

그동안 쌓여온 난제(難題)들로
너와 나를 나누고 등을 돌리며
불신과 갈등으로 마음 아파했던
낡은 해는 서산으로 기울고
길상(吉祥)의 새 아침이 밝았다

흰 소는 백의민족의 표상
순결하고 선량하며 욕심이 없고

조심성이 많으며 인내심이 깊어
목표를 향해서는 멈춤이 없는 소

무리 지어 살아도 다툼이 없고
뿔이 있어도 무기로 쓰지 않는
화합과 평화를 지향하는 천성

이제 우리는 달라져야 한다
갈등으로 얼룩진 남루를 벗고
신령스런 순백(純白)의 흰 소로서
푸른 지평선을 향하여 달려가자

서로 손을 맞잡고 어깨를 겯고
몸과 마음이 하나가 되어
새 아침 새 마음 새 길을 향해
새 역사의 이정표를 세우자.

— 「한국불교아동문학회」 회보 제47호. 2021. 3.

새로운 이정표를 기원한다
― 頌祝!『문학춘추』100호

우리는『문학춘추』지령 100호 앞에서
한국문학의 새 지평을 그려보고 있다
그의 길에는 향기로운 바람도 있었고
생살을 저미는 눈서리를 맞기도 했지만
만난을 무릅쓰고 지역 문학 창달을 위해
발표 지면을 다듬고 북 주어 가꿈으로써
한국문학발전에 신선한 활력을 더해왔다

광주는 아득한 예로부터 무등의 예향이다
독특한 문화를 간직한 고결한 자존심과
맛과 멋을 자랑하는 긍지 높은 고장으로
파낼수록 무진장한 문화예술의 광맥이 있고
퍼낼수록 끝이 없는 풍류의 수맥이 흐른다

『문학춘추』는 여기에 시추의 삽을 꽂고
문화예술의 원석인 문학의 광석을 캐온 지
28개 성상 지령 100호의 금자탑을 세웠으니
남다른 사명감과 놀라운 선견지명이었으며
참으로 자랑스럽고 장한 일이 아닐 수 없다

백(百)이란 예부터 신령스런 숫자였다
사람의 일을 두고 상찬(賞讚)하는 말에
백년대계에 백년가약(百年佳約)이 있고
백 세 장수에 백년해로(百年偕老)가 있다

박형철 이사장의 『문학춘추』 백호(百號)는
백년대계에서 맺은 백년가약이라 할지니
앞으로 백 세 장수를 누리며 백년해로를 할
백년지객이고 백고불마(百古不磨)의 반려자이다

그래서 우리는 이 자리에 함께 모여
서로 손을 맞잡고 이 영광을 찬미한다
아득한 지평선 위로 새날의 여명이 터오고
찬란한 역사의 광장이 밝아오고 있나니
지역 문학의 더욱 힘찬 창달을 기대하며
더 넓고 높은 새로운 이정표를 기원한다.

— 『문학춘추』 100호 축시. 2017. 가을.

「하얀 길」을 가신

구십 평생을 다 바쳐
문단에서, 교단에서
수많은 소녀 소년들에게
보랏빛 꿈을 심어주고

「하얀 길」을 따라
고운 옷깃을 펄럭이며
백로가 되어 날아가신
만년 소녀 신지식 선생님

지금은 어느 바닷가에서
후학들의 가슴을 설레게 한
「분홍 조갑지」를 줍나요

우리 모두는 그날의
선생님을 떠올리며
회고의 정을 기립니다.

— 『신지식 추모문집』 2021. 5

빛과 향은 지고
― 동촌의 영전에

오늘 우리 문학인들은
동촌 이준연을 보내며
슬픔을 참고 명복을 빈다

이준연은 1939년 토끼해에
전북 고창에서 태어난 후
서울로 와서 빼어난 동화로
한국 문단에 빛과 향이 되었다

그래했던 그가 이제는
모든 것을 그대로 접어두고
빈손으로 한 줌 흙이 되어
태어난 고향으로 돌아갔다

한목숨 있는 것이
불꽃과도 같은 것이라면
그는 사랑의 불꽃이었다

추위를 녹이는 모닥불
정담을 나누는 화롯불
어둠을 밝혀주는 횃불
꿈을 주는 환상의 반딧불

그는 모두에게 꿈을 주었던
찬란한 빛이고 불꽃이었다

한 세상 사는 일이
꽃과 같은 것이라면
그는 진정 꽃이고 향기였다

집안에 들면 화평의 향기
거리에 나서면 교화의 향기
친구를 만나면 우정의 향기
어린이들에겐 사랑의 향기

온 세상을 맑혀주던
아름다운 꽃이고 향기였다

그 빛과 향이 진 오늘은
강산도 숙연한 모습이라
우리 모두는 눈물을 삼키고
천지신명께 그의 명복을 빌며

이제 그가 가는 천수국
그 영생의 나라에서는
새로 맞는 빛과 향으로
누리가 새롭게 열리리니

이생에서 곤했던 육신과
어두웠던 눈 다 고쳐져서
우리 다시 만날 그때까지
다 하지 못한 꿈 펼치시며
화평한 나날만이길 기원한다.

— 「한국아동문학인협회」 이준연 추모특집. 2017

박형! 벌써 일 년이 되었소

오로지 아동문학! 그 열정을 어찌하고
그렇게 매정하게도 홀연히 떠났으니
함께 해온 지난 일들이 갈수록 생생하오

박형은 여수동에서 나는 상주 상영에서
작문과 독서 지도에 진력할 때 만났으니
돌아보면 육십 년 전 팔팔하던 때였지요

거기를 떠난 우리는 서울에서 다시 만나
아동문학 단체에서나 문학과 교육에서
언제나 생각이 같아 우정이 남달랐죠

당시는 유약했던 아동문학 노정 위에
전문지 『아동문예』 이정표를 세우시고
심혈을 모두 바쳐서 가꾸어 오셨는데

높고도 뜨거웠던 그 서원을 접으시고
아끼던 문우들과 사랑하던 가족들도
모두 다 잊으시고 어떻게 눈을 감았소

하지만 형이 가꾼 우리의 아동문학은
절대로 꺼지지 않는 문단의 횃불로서
세계의 아동문학에 선두를 가고 있소
오늘도 다시 밝는 태양을 우러러보며
박형이 해온 성업을 드높이 기립니다
내 마음 추억의 숲에 지지 않는 꽃 한 송이.

— 『박종현 추모문집』 2021. 4.

노을 속의 범종 소리

고추잠자리 날던 푸른 하늘에
고추같이 빠알간 노을이 떴다.
(…)
까마귀 날아가는 고개 저쪽에
감빛처럼 익어가는 노을이 졌다.
―「노을」 부분

1959년 '경향신문 신춘문예' 당선작이다
고추잠자리 날던 하늘의 「노을」을 보며
인생의 무상을 노래한 박용열(朴容說)은
2021년 2월 8일에 노을처럼 지고 말았다

함북 청진 출생의 탈북 실향민으로
6·25 때 백골부대 수색대로 출격했다가
적의 집중포화에 만신창이가 된 후
우측 폐와 양쪽 발가락을 제거하고도
생존 불가능의 마지막 선고를 받았다

죽어도 고향 땅 어머니 품에 가겠다며
잔명(殘命)을 끌고 북을 향해 가다가
눈 속에서 의식을 잃고 쓰러진 것이
월정사 탄허(呑虛) 스님께 발견되어
초연(超然) 스님으로 환생한 박용열

탄허 스님의 사랑과 부처님의 가피로
불귀의 길에서 되돌아오게 된 후에
시 「노을」을 써서 승려 시인이 되어
한국 문단에 큰 충격을 주기도 했고

승복을 벗고는 무의촌 의사가 되어
벽촌의 궁민에게 의료시혜를 베풀었던
역전의 용사, 승려 시인, 무의촌 의사로
자연마저 초월했던 큰사람 초연(超然)

첫 시집 『엄마』에서 애타게 불렀던
엄마를 그리는 정으로 다독여 왔던
자신보다 더 사랑했던 처자식을 두고
엄마의 품으로 간 아흔두 살의 아기

감빛처럼 익어가던 노을은 졌는데
어디에서 울려오는가 저녁 종소리
마지막 발소리가 저리도 무겁구나.

─ 2021. 2. 8
＊「국립서울현충원 박용열 안장식」에서 장남 박만성 교수가 낭송.
  2021. 2. 10
─「한국불교아동문학회 회보」제48호. 2021. 3

바닷가재

바닷가재 음식집에 갔다
물통에 들어있는 가재들이
모두 커다란 집게 손에
하얀 붕대를 감고 있었다

"왜 저렇게 하고 있나요?"
"찝지 못하게 해놓은 겁니다."
"누구를 찝는다는 거예요?"
"저희들끼리 찝고 싸우지요."

똑같이 잡혀 와 갇힌 처지에
곧 요리상에 오를 저희들끼리
무엇 때문에 찝고 싸운단 말인가
참 못난 것들이 거기도 있었다.

─「한국시낭송회의」 2016. 10

코로나 19 불통즉통

통즉불통 불통즉통(通卽不痛 不通卽痛)
한의학에서 말하는 잠언으로
몸에 기혈이 통하면 안 아프고
막히면 아프게 된다는 뜻이다

그렇지만 우리의 오늘 형편은
서로 통하면 안 된다고 하여
꽉 막힌 나날을 견뎌내고 있다

마스크를 꼭 쓰라는 것은
벙어리가 되라는 게 아니고
서로 간 거리를 두라는 것은
친교를 끊으라는 게 아니며
여럿이 모이지 말라는 것은
패거리 걱정 때문이 아니다

코로나 19 바이러스를 막겠다는
궁색하고 원시적인 방편인데
대화도 접근도 집회도 막히니
불통즉통(不通卽痛)이 되어
모두 마음이 아파오고 있다

사람과 사람 사이도 막혔지만
나라와 나라 간에도 담을 쌓고
바닷길도 하늘길도 불통으로
세상 전체가 함께 앓고 있다
모든 길이 열릴 날이 빨리 와서
어디나 거침없이 교통이 되어
통즉불통(通卽不痛)이길 기원한다.

― 「코로나 19 예방수칙」을 보며 2020. 8. 15
― 『文藝思潮』 제366호. 2021. 6월호

코로나 19 예방접종

다국적 침략군 코로나 19가
천방지축으로 날뛰고 있지만
그들을 막아낼 대책이 없었다

물리칠 전력을 갖추기 위해
화이자—바이오앤텍을 투입했다
코로나 19에서 빼낸 졸개들이다

데려온 졸개들은 본능대로
정체불명의 무기를 휘두르며
강력한 저항을 하고 싶겠지만
잡혀 온 소수가 무얼 어쩌랴

그들을 대항군으로 풀어놓고
가지고 있는 무기의 특성과
전술 전략의 비밀을 탐색하여
막아낼 방법을 찾기로 했다

화이자―바이오앤텍을 대항군으로
침략군과 싸울 훈련에 들어가니
온몸은 비상사태로 긴장했다

대항군이 투입된 곳은 부풀고
몸에 열이 나며 속이 메스껍고
근육도 쑤시고 피로도 왔다

화이자―바이오앤텍을 상대로
실전경험을 쌓은 내부방위군을
무적강병으로 만드는 중이다
코로나 19를 막아낼 대책이다.

― 「코로나 19 예방접종」을 하고. 2021. 4. 29
― 『文藝思潮』 제366호. 2021. 6월호

고삐 풀린 말

내 너의 근성을 알기에
붉은 문, 하얀 우리 안에
굵은 고삐를 해두었건만

드디어 야성을 드러내
우리를 뛰쳐나와서는
마구잡이로 날뛰는 것을
어떻게 다스려야 하나?

모두 어처구니가 없어
바라보고만 있는 사이
너는 스스로가 고무되어

비바람 눈서리를 몰고
창칼을 뽑아 휘두르며
더욱 기세 좋게 날뛰니

어찌할 대책이 없어
모두가 고삐를 놓았다
말로써 말 많은 세상.

— 「한국시낭송회의」 제177회. 2018

개가 웃었다

복잡한 전철 안 통로 한켠에
맹도견 한 마리가 엎드려있다
의자에 앉은 주인의 무릎 아래에서
앞발로 턱을 괴고 눈을 감고 있다

옆자리 사람들이 앉고 일어서며
몸을 건드려도 가만히 있다가도
주인의 조그만 움직임에는
눈을 번쩍 뜨고 긴장을 한다

전철 한쪽에 시비가 있었다
몸을 건드려 불쾌하다며
여자가 악을 쓰고 있었다
복잡해서 몸이 닿은 것뿐이라는
남자의 목소리도 들렸다

서로 만나 함께 가는 세상
어쩌다가 건드리면 어떻고
조금 닿으면 무슨 상관이랴
가만히 엎드렸던 맹도견이
한눈을 뜨고 피식 웃었다.

─「한국시낭송회의」제158회. 2016. 4
─『문학타임』여름호. 2016

불가지 불가해

논밭은 뒤로 버려두고
나라부터 갈아엎겠다며
경운기와 콤바인을 몰고
농군들은 서울로 서울로

집안 살림살이 보다
촛불집회가 더 중요하다며
너도나도 유모차를 끌고
주부들은 거리로 거리로

모두가 나라의 장래와
거룩한 민족의 운명은
자기들의 손안에 있다며
악을 쓰고 주먹을 휘둘렀지

이렇게 많은 우국지사에
애국 열사들이 있는데도
일제에는 무릎을 꿇고
노예처럼 핍박을 받았고

지금은 남북과 동서가
생각과 시각을 달리하고
서로 등을 돌리고 있으니
참으로 불가지 불가해다.

―『詩歌흐르는서울』 제20호. 2018

버려진 오륜(五倫)

사람에게는 꼭 지켜야 할
다섯 가지 윤리가 있었는데
지키기 번거롭고 고루하다며
휴지처럼 거리에다 내버렸다

지나가던 개가 그것을 보고
버리기는 아까운 것이라며
소중하게 거두어 가지고 가서
그 가르침을 따르기로 했다

부자유친(父子有親)이라 하니
새끼는 자애롭게 키우고
군신유의(君臣有義)라 했으니
주인의 은혜는 잊지 않으며

부부유별(夫婦有別)이니
짝짓기는 때를 가려서 하고
장유유서(長幼有序)이니
노쇠한 개에게는 양보를 하며
붕우유신(朋友有信)이니
친구들과는 믿음을 지켰다

낡고 거추장스러운 거라며
사람이 내다 버린 오륜을
개들이 가지고 가서
생활신조로 삼고 있었다.

— 「한국시낭송회의」 157회. 2016. 3.
— 『창작산맥』 제16호. 2016 여름

어떤 전설

세상에는 참 별난 곳도 많지만
행동이 못되면 개수작이라 하고
막된 자는 개망나니라 부르는데
그런 '개'자 항렬을 붙일 수 있는
개 같은 자들의 성지가 있다더라

그곳에 들어가려면
이리의 쌍판에 양의 탈을 쓰고
순박한 여항민을 속여서
박수갈채를 받아야만 되는
누구나 선망하는 곳이지만

가기만 하면 눈과 귀는 멀고
입과 배는 무한대로 커지는
이상한 모습의 괴물이 되어
굶주려 비루먹은 들개처럼
닥치는 대로 빼앗고 먹어치우는
걸귀가 되고 마는 괴이한 곳

그곳에는 면죄부란 게 있어
개 낯짝에 개기름을 흘리며
개소리로 어떤 개수작을 떨어도
벌을 받지 않을 뿐만 아니라
서로 치고받고 개판을 칠수록
좋아서 짖어대는 개들도 있어서

그 소리를 등에 업은 개씨들은
자기들을 이곳으로 가게 해준
착한 여항민들까지 물어뜯으니
이 별난 성역에 있는 자들은
개○○을 하는 개망나니일수록
영웅이 된다는 전설이 있다더라.

— 『문학의 강』 제10호. 2016 여름호
— 「한국시낭송회」 2016. 8.

의견비에게 부끄럽다

전북 임실군 오수면 원동산에는
개의 의리를 기리는 비석이 있다

약 천 년 전의 일이다
원동산 근처 지사면 영천리에
김개인이라는 사람이 있었는데
개를 좋아해서 데리고 다녔다

하루는 장에 갔던 김개인이
술에 취해 원동산 기슭에 쓰러져
깊은 잠에 빠지고 말았다

따라다니던 개가 곁에 앉아
주인이 깨어나기를 기다렸다

그때 산불이 나서 번져왔다
개는 주인을 깨우려 했지만
김개인은 일어나지 못했다

개는 몸에 냇물을 적셔 와서는
주인 둘레에 뒹굴기를 거듭하여
다가오는 불길을 막아냈다

김개인이 잠에서 깨어났을 때는
불에 데고 지친 개는 죽어 있었다
뒷날 사람들은 이 일을 기려서
그 자리에 의견비를 세웠다

배신과 이기심으로 망가진 세상
원동산 의견비에게 부끄럽다.

— 『문학타임』 제23호. 2016. 가을
— 「한국시낭송회의」 제160회. 2016. 6

〈김종상이 쓴 동시 · 자유시 · 현대시조 · 기행시집〉

■ 창작동시집과 동시선집

01. 1964년 첫 동시집『흙손엄마』: 형설출판사

01) 2010년 影 印 本『흙손엄마』: 재미마주

02. 1974년 동 시 집『어머니 그 이름은』: 세종문화사

03. 1979년 동 시 집『우리 땅 우리 하늘』: 서문당

04. 1982년 동 시 집『해님은 멀리 있어도』: 문학교육원

05. 1984년 동요시집『하늘빛이 쌓여서』: 가리온출판사

06. 1985년 동시선집『어머니 무명치마』: 창작과 비평사

07. 1986년 동시선집『하늘 첫 동네』: 웅진출판사

08. 1987년 동 시 집『땅덩이 무게』: 대교문화

09. 1992년 동 시 집『생각하는 돌멩이』: 현암사

10. 1993년 동 시 집『매미와 참새』: 아동문예사

11. 1995년 동 시 집『나무의 손』: 미리내

12. 1996년 동시선집『날개의 씨앗』: 오늘어린이

13. 2000년 동물동시『곰은 엉덩이가 너무 뚱뚱해』: 문공사

13) 2002년 飜 譯 版『中英雙語童詩』: 臺灣 人類文化公司

13) 2003년 飜 譯 版『雙語動物童詩』(修訂版): 臺灣 人類文化公司

14. 2000년 꽃 동 시『시가 담긴 우리 꽃』제1권 : 프로방스

15. 2000년 꽃 동 시『시가 담긴 우리 꽃』제2권 : 프로방스

16. 2000년 꽃 동 시『시가 담긴 우리 꽃』제3권 : 프로방스

17. 2003년 유 아 시『옛날 스님들은 어떻게 살았을까』: 파랑새어린이

17) 2008년 飜 譯 版『Graine de Bouddha』: France. Picquier
   Jeunesse

18. 2004년 동 시 집 『꽃들은 무슨 생각할까』 : 파랑새어린이

19. 2008년 동 시 집 『숲에 가면』 : 섬아이

20. 2010년 동시선집 『꿈꾸는 돌멩이』 : 예림당

21. 2010년 동시조집 『꽃의 마음』 : 대양미디어

22. 2011년 꽃시조집 『꽃도 사랑을 주면 사랑으로 다가온다』 : 소년문학사

23. 2011년 동물동시 『동물원, 우리집은 땅땅땅』 : 파란정원

24. 2012년 어류동시 『동물원, 우리집은 물물물』 : 파란정원

25. 2012년 조류동시 『동물원, 우리집은 하늘하늘』 : 파란정원

26. 2012년 동화시집 『스님과 선재동자』 : 도서출판 고글

27. 2013년 동시선집 『산 위에서 보면』 : 타임비(전자도서)

28. 2014년 동물동시 『강아지 호랑이』 : 푸른사상

29. 2015년 어류동시 『알락달락 나비고기』 : 리젬

30. 2015년 동시선집 『김종상 동시선집』 : 지식을만드는지식

31. 2015년 곤충동시 『어디 어디 숨었니』 : 예림당

32. 2015년 동 시 집 『우주가 있는 곳』 : 청개구리

33. 2016년 동 시 집 『손으로 턱을 괴고』 : 푸른사상

34. 2016년 조류동시 『동시에 담은, 새야새야』 : 파란정원

35. 2017년 동 시 집 『위로 흐르는 물』 : 아침마중

36. 2017년 어류동시 『동시에 담은, 바닷속 이야기』 : 파란정원

37. 2017년 동 시 집 『소꿉나라의 거인』 : 문학신문 출판부

38. 2018년 동 시 집 『부처님의 손바닥』 : 시선사

39. 2018년 꽃 시 집 『동시에 담은, 꽃과 나무이야기』 : 파란정원

40. 2018년 꽃 시 집 『꽃님아! 안녕?』 : 아주좋은날

41. 2018년 동 시 집 『우리 땅 어디에나』 : 채운재

42. 2018년 이야기시 『소에게도 듣는 귀가』 : 아동문학평론사

43. 2019년 벌레동시 『벌레마을 다문화가족』: 푸른사상

44. 2019년 신작동시 『다람쥐의 수화』: 아침마중

45. 2019년 동시선집 『세계의 아이들』: 교학사

46. 2020년 동시선집 『동심을 담다』: 아름답게사는우리가꽃이다

47. 2020년 동 시 집 『꽃들의 가족사진』: 아름답게사는우리가꽃이다

48. 2020년 동 시 집 『동시에 담은, 곤충과 벌레 이야기』: 파란정원

49. 2021년 동 시 집 『밤송이와 까치집』: 아동문예사

■ 창작동화집과 번안동화집

01. 1980년 창작동화 『아기사슴』: 삼성당

02. 1982년 창작동화 『생각하는 느티나무』: 보이스사

03. 1983년 창작동화 『갯마을 아이들』: 도서출판 여울

04. 1983년 창작동화 『개구쟁이 챔피언』: 견지사

05. 1983년 창작동화 『여우대왕』: 예림당

06. 1983년 창작동화 『간지럽단 말야』: 꿈동산

07. 1983년 소년소설 『잃어버린 하늘』: 일선출판사

08. 1988년 소년소설 『새벽의 대작전』: 효성사

09. 1988년 소년소설 『창기라는 아이』: 교육문화사

10. 1989년 창작동화 『색동나라』: 교육문화사

11. 1989년 한자동화 『3 3 3』(한자동화): 서강출판사

12. 1990년 창작동화 『우리 식구 네눈이』: 새소년사

13. 1990년 창작동화 『동물나라에 핀 코스모스』: 윤성

14. 1990년 창작동화 『정아와 귀염이』: 삼덕출판사

15. 1990년 창작동화 『방울이의 신발』: 태양사

16. 1991년 그림동화 『물과 불을 찾아서』: 대연

17. 1991년 그림동화 『생명을 찾은 섬』 : 대연
18. 1991년 창작동화 『우주전쟁』 : 도서출판 용진
19. 1991년 창작동화 『밤바다 물결소리』 : 도서출판 동지
20. 1992년 번안동화 『유령유치원』 : 국민서관
21. 1991년 번안동화 『힘 자랑 재주 자랑』 : 국민서관
22. 1992년 교육동화 『융통성 없는 아이』 : 학원출판공사
23. 1993년 창작동화 『범쇠와 반달이』 : 중원사
24. 1996년 동화선집 『재주 많은 왕자』 : 오늘어린이
25. 1996년 그림동화 『물웅덩이』 : 한국유아교육개발원
26. 1996년 그림동화 『형제』 : 한국유아교육개발원
27. 1997년 창작동화 『예나의 숲』 : 여명출판사
28. 1998년 그림동화 『아기해당화의 꿈』 : 학원출판공사
29. 1998년 그림동화 『연필 한 자루』 : 학원출판공사
30. 1998년 그림동화 『나뭇잎 배를 탄 진딧물』 : 학원출판공사
31. 2000년 창작동화 『엄마 따라서』 : 도서출판 꿈동산
32. 2000년 그림동화 『사람을 만들어요』 : 한국비고츠키
33. 2000년 그림동화 『모두모두 잘 해요』 : 한국비고츠키
34. 2001년 그림동화 『부엉이 오남매』 : 한국비고츠키
35. 2001년 그림동화 『꼬리가 없어졌어요』 : 한국비고츠키
36. 2002년 동화선집 『쉿, 쥐가 들을라』 : 예림당
37. 2011년 동화선집 『멍청한 도깨비』 : 파란정원
38. 2011년 불경동화 『왕비의 보석목걸이』 : 섬아이
39. 2013년 불경동화 『좀생이 영감님의 하루떡값』 : 타임비
40. 2017년 시선아이 『눈 굴리는 자동차』 : 시선사

■ 일반시와 시조 · 기행시집

01. 2004년 기행시집 『바람처럼 구름처럼』 : 도서출판 비트
02. 2006년 기행시집 『바람처럼 구름처럼』(증보판) : 백수사
03. 2012년 서정시집 『소도 짚신을 신었다』 : 세종문화사
04. 2015년 기행시집 『길을 가며 길을 묻고』 : 대양미디어
05. 2016년 창작시집 『한글나라 좋은 나라』 : 문학신문 출판국
06. 2017년 창작시집 『고갯길의 신화』 : 푸른사상
07. 2019년 현대시조 『아픔의 열매』: 채운재
08. 2021년 시와 시조 『환생을 생각힌다』: 대양미디어
09. 2021년 시와 시조 『어머니의 세월』: 대양미디어

〈김종상이 쓴 독서 작문 교재 · 인성교육 창작동시 · 기타 도서〉

■ 독서 · 작문교육 교재

01. 1970년 글짓기 사례기 『글밭에서 거둔 이삭』 : 세종문화사
02. 1973년 어린이 시공부 『사랑과 그리움의 세계』 : 문조사
03. 1977년 글짓기 지침서 『글짓기지도 교실』 : 한국교육출판
04. 1977년 독후감 쓰기 지도 『독서감상문교실』 : 교학사
05. 1977년 일기 교육 『1,2학년 일기쓰기』 : 한국글짓기지도회
06. 1978년 실용문 쓰기 『생활하는 글짓기①』 : 교학사
07. 1978년 학술문 쓰기 『생활하는 글짓기②』 : 교학사
08. 1978년 예술문 쓰기 『생각하는 글짓기①』 : 교학사
09. 1981년 동시짓기 사례기 『동시의 마을』 : 문학교육원
10. 1983년 행사글짓기 『현장글짓기교육』 : 대한교육연합회
11. 1984년 글짓기 교육 『새 글짓기 공부』 : 유신각

12. 1984년 글짓기 교육『글짓기 동산』: 청석수련원

13. 1984년 종합 글짓기『새 글짓기 완성』: 효성사

14. 1985년『독서와 글짓기 국어발전학습4-①』: 연구사

15. 1985년 읽기와 쓰기『일학년 공부』: 도서출판 서당

16. 1985년 글짓기 지침서『사례별 글짓기』: 대한교육연합회

17. 1986년 재미있게 배우는『글짓기 징검다리』: 한국공문수학연구회

18. 1986년 편지글 지도지침서『편지글 쓰기』: 경원각

19. 1986년 어린이 작품집『모범예문집①』: 견지사

20. 1986년 어린이 작품집『모범예문집②』: 견지사

21. 1986년 동요의 이해와 감상『꼬불꼬불 꼬리나물』: 견지사

22. 1987년 초등학교 교과서『동요 동시 시조』: 예림당

23. 1987년 동시 짓기 교육『시를 써보셔요』: 도서출판 청하

24. 1988년 어린이를 위한 동시선집『산이 어깨동무를 하고』: 휘문출판사

25. 1988년 글짓기 실천기『우리들의 글쓰기선생님』: 미리내

26. 1988년 독서와 글짓기『독서감상문 교실①』: 금성출판사

27. 1988년 독서와 글짓기『독서감상문 교실②』: 금성출판사

28. 1988년 독서와 글짓기『독서감상문 교실③』: 금성출판사

29. 1990년 1, 2, 3학년 교과서『동요 동시』: 예림당

30. 1991년 4, 5, 6학년 교과서『동요 동시』: 예림당

31. 1991년 동시 짓기 이론과 실제『동시 교실』: 예림당

32. 1993년 일기 쓰기 지도『내가 쓴 나의 전기』: 교육문화사

33. 1993년 동시 짓기 지도『아름다운 사랑의 노래』: 교육문화사

34. 1993년 기행문 쓰기 지도『신나는 여행 이야기』: 교육문화사

35. 1993년 독후감 쓰기 지도『독서감상문교실』: 교육문화사

36. 1993년 종합 글짓기『꿈의 나라 글마을④』: 새벗사

37. 1993년 종합 글짓기 『꿈의 나라 글마을⑩』 : 새벗사
38. 1993년 글짓기 자습서 『스스로 글짓기①』 : 재능출판사
39. 1993년 글짓기 자습서 『스스로 글짓기②』 : 재능출판사
40. 1993년 글짓기 자습서 『스스로 글짓기③』 : 재능출판사
41. 1995년 글짓기 안내서 『글나라로 가는 길』 : 현암사
42. 1995년 글짓기 이론서 『글짓기 선생님』 : 어린이재단
43. 1998년 글짓기 지도서 『글나라로 가는 길』 : 중국 조선민족출판사
44. 2007년 글쓰기 교과서 『김종상 글쓰기교과서①』 : 책먹는 아이
45. 2007년 글쓰기 교과서 『김종상 글쓰기교과서②』 : 책먹는 아이
46. 2007년 글쓰기 교과서 『김종상 글쓰기교과서③』 : 책먹는 아이
47. 2008년 명품논술시리즈① 『재밌고 쉬운 논술이야기』 : 명성풀판사
48. 2008년 명품논술시리즈② 『맛있고 좋은 논술이야기』 : 명성풀판사
49. 2008년 명품논술시리즈③ 『발상의 전환 논술이야기』 : 명성풀판사
50. 2013년 글쓰기 교과서 『대한민국 글쓰기교과서』 : 파란정원

■ 인성교육 창작동시집

01. 1988년 동시감상 『동시를 감상하셔요』 : 청화
02. 1988년 동시쓰기 『나는 시를 이렇게 썼다』 : 효성사
03. 2001년 인성동시 『노래로 마음을 닦아요』 : 문공사
04. 2015년 인성동시 『동시로 배우는 인성』 : 파랑새어린이
05. 2015년 관용구시 『교과서 관용구 100』 : 아주좋은날

■ 수필과 종합문집

01. 1969년 동시동화 - 『소라피리』 : 보성출판사
02. 1995년 교육수상집 - 『개성화시대의 어린이, 어린이문화』 : 집문당

03. 2008년 기념문집 – 『김종상 아동문학 50주년』: 도서출판 순리

04. 2014년 팔순기념 – 시가 있는 수필집 『한두실에서 복사골까지』:
고글

05. 2018년 저서목록 – 김종상 글쓰기 60주년기념 『지은 책 모아보기』:
대양미디어

06. 2020년 산문집 – 어린이와 부모를 위한 『신비로운 꽃들의 세계』:
대양미디어

■ 노래말동요곡집

01. 1995년 동요400곡집 『아기잠자리』: 한국음악교육연구회

02. 2001년 동요321곡집 『별을 긴지요』: 한국음악교육연구회

03. 2004년 동요400곡집 『꽃과 별과 노래』: 도서출판 미리내

04. 2012년 노래말동요곡집 『꽃처럼 별처럼』: 도서출판 고글

05. 2018년 노래말동요곡집 『대머리 문어야』: 대양미디어

■ 그 밖의 엮은 책들

01. 1981년 바다 속에 묻힌 임금님(한국고전) : 민족문화추진회

02. 1984년 지옥을 그린 화가(한국고전) : 서문당

03. 1986년 어린이 명상록(인성교육) : 예림당

04. 1989년 착하고 아름답게(하이디 영재학습) : 교육문화사

05. 1989년 마음②(어린이 교양도서) : 예림당

06. 1989년 노래주머니(유아 구연동화) : 보림

07. 1989년 거지소년 재남이(생활철학) : 예림당

08. 1989년 슬기의 옹달샘(한문동화) : 서강출판사

09. 1989년 마음② (인성동화) : 예림당

10. 1993년 이상한 배나무(전래동화) : 계몽사

11. 1993년 은혜 갚은 두꺼비(전래동화) : 계몽사

12. 1998년 옛날 옛적에(무속신화) : 지경사

13. 1998년 염라대왕을 잡아온 사나이(무속신화) : 지경사

14. 1998년 할머니의 선물(인성교육) : 관일미디어

15. 1998년 극락에서 가져온 과일나무(꽃전설) : 독서지도회

16. 1998년 보물성을 여는 홍자색 열쇠(꽃전설) : 독서지도회

17. 1998년 가얏고에 실은 조국의 노래(꽃전설) : 독서지도회

18. 1998년 선녀에게 선물받은 옥비녀 (꽃전설) : 독서지도회

19. 1998년 신령님이 주신 신비의 약초(꽃 전설) : 독서지도회

20. 1999년 EQ를 높여주는 동시(전3권) : 학원미디어

21. 1999년 바른 마음 착한 행동(도덕교육) : 교보문고

22. 2000년 학년별 동시 감상(저,중,고 전3권) : 스텐퍼드

23. 2002년 깊은 감동이 있는 16가지 이야기 : 글사랑

24. 2002년 따뜻한 마음이 있는 16가지 이야기 : 글사랑

25. 2002년 고운 향기가 있는 16가지 이야기 : 글사랑

26 2006년 거위장군 수무카(어린이대장경 04) : 현대출판사

27. 2006년 용감한 꿀꿀이대장(어린이대장경 30) : 현대출판사

28. 2006년 외눈박이 거북의 앙갚음(어린이대장경 32) : 현대출판사

29. 2008년 울타리가 되어드릴게요(감성 꽃동화) : 책먹는 아이

30. 2020년 지혜를 충전하는 73가지 세상 이야기(위인일화) : 북멘토

☞ 이하 번안·개작·편집 윤문한 100여 권의 책들은 생략합니다.

어머니의 세월

초판인쇄 2021년 9월 1일
초판발행 2021년 9월 9일

지은이 | 김종상
펴낸이 | 서영애
펴낸곳 | 대양미디어

출판등록 2004년 11월 제 2-4058호
04559 서울시 중구 퇴계로45길 22-6(일호빌딩) 602호
전화 | (02)2276-0078
팩스 | (02)2267-7888

ISBN 979-11-6072-082-2 03810
값 12,000원